A Caça ao Snark

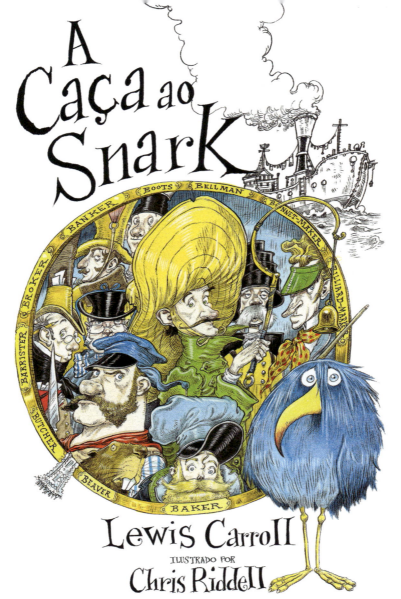

Lewis Carroll

ILUSTRADO POR
Chris Riddell

Tradução de Bruna Beber

GALERA
— *junior* —
RIO DE JANEIRO
2017

CIP-BRASIL. CATALOGAÇÃO NA PUBLICAÇÃO
SINDICATO NACIONAL DOS EDITORES DE LIVROS, RJ

C313c

Carroll, Lewis
A caça ao Snark / Lewis Carroll; ilustração de Chris Riddell; tradução de Bruna Beber. -- 1. ed. -- Rio de Janeiro: Galera Record, 2017.
il.

Tradução de: The Hunting of the Snark
ISBN: 978-85-01-11089-3

1. Ficção juvenil inglesa. I. Riddell, Chris. II. Beber, Bruna. III. Título.

17-41615

CDD: 028.5
CDU: 087.5

Título original: *The Hunting of the Snark*

Copyright de ilustração © Chris Riddell, 2016
Copyright de tradução © Bruna Beber, 2017

Publicado originalmente em 2016 por Macmillan Children's Book, um selo da Pan Macmillan, divisão da Macmillan Publishers International Limited.

Todos os direitos reservados.
Proibida a reprodução, no todo ou em parte, através de quaisquer meios.
Os direitos morais do autor foram assegurados.

Texto revisado segundo o novo Acordo Ortográfico da Língua Portuguesa.

Direitos exclusivos de publicação em língua portuguesa somente para o Brasil adquiridos pela
EDITORA RECORD LTDA.
Rua Argentina, 171 - Rio de Janeiro, RJ - 20921-380 - Tel.: (21) 2585-2000,
que se reserva a propriedade literária desta tradução.

Impresso no Brasil

ISBN 978-85-01-11089-3

Seja um leitor preferencial Record.
Cadastre-se e receba informações sobre nossos lançamentos e nossas promoções.

Atendimento e venda direta ao leitor:
mdireto@record.com.br ou (21) 2585-2002.

A Caça ao Snark

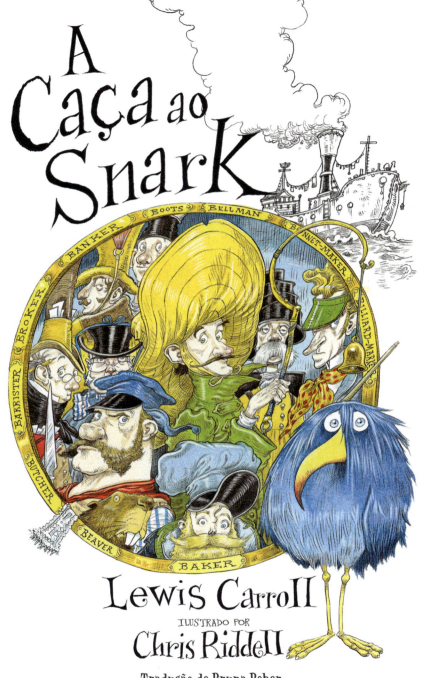

Lewis Carroll
ILUSTRADO POR
Chris Riddell

Tradução de Bruna Beber

O Mensageiro

O Padeiro

Para minha mãe.

Introdução

Este livro é *nonsense* e, como o melhor *nonsense*, faz um tipo especial de sentido. A caça ao Snark é um negócio complicado, e eu suspeito que nem mesmo o Mensageiro saiba direito como levar a cabo. Mas esse detalhe não é o suficiente para que ele e seu bando desanimem da jornada de perseguição a essa estranha e esquiva criatura, utilizando todas as ferramentas de que dispõem. Dedais, forquilhas, ações ferroviárias e sabão, tudo pode ser usado na mesma medida em que expectativa, esperança, intimidação e sorrisos; nem mesmo o Castor rendeiro que "com a ponta da cauda começou a saltar", consegue se aproximar.

Então, depois de sete convulsões poéticas, em um derradeiro espasmo de energia, um dos homens do bando avista o Snark e...

Não, radiante leitor, eu não vou entregar o final já no começo, isso seria muito *nonsense*. Mas, deixe-me dizer, cuidado com o pássaro Jubjub que emite um som semelhante ao "da lousa sendo arranhada pelo giz", o ferrenho das ferrenhosas mandíbulas do Arrebabanda podem levá-lo à loucura e, acima de tudo, persiga o Snark com cuidado, pois, veja você, ele pode ser um Bujum.

Chris Riddell

Prefácio

Se — e essa é uma possibilidade radical — a acusação de escrever *nonsense* fosse feita contra o autor deste breve mas luminoso poema, seria baseada, estou convicto, no verso (do Canto Dois) "Então o mastro era confundido com o leme".

Em vista desta sofrível possibilidade, eu não vou (como poderia) apelar indignamente aos meus outros textos como prova de que sou incapaz de tal feito: Eu não vou (como poderia) apontar o sólido propósito moral deste poema, os princípios aritméticos tão cuidadosamente inseridos, ou as suas nobres lições de História Natural — escolho um curso mais prosaico, de explicar simplesmente como isso aconteceu.

O Mensageiro, que era morbidamente sensível às aparições, costumava baixar o mastro uma ou duas vezes por semana para reenvernizá-lo, e, toda vez que isso acontecia, quando chegava a hora de recolocá-lo, não havia ninguém no barco capaz de lembrar em qual ponta do navio ele deveria ser instalado. Eles sabiam que não haveria qualquer utilidade em indagar o Mensageiro sobre esse tema — ele só se referia ao seu próprio Código Naval, que lia em voz alta, num tom patético comumente usado pelo Almirantado, que ninguém nunca era capaz de entender — então, geralmente, o mastro acabava sendo hasteado no lugar que caberia ao leme. O timoneiro ia às lágrimas; ele sabia que estava tudo errado, pobrezinho! À regra 42 do Código, "Não é permitido conversar com o Timoneiro", o Mensageiro havia formulado sua própria continuação "Não é permitido ao Timoneiro conversar". Então, era impossível protestar, e nenhuma nova direção poderia ser tomada até o próximo reenvernizamento. Houve momentos desconcertantes em que o navio costumava navegar para trás.

Como este poema é, de certa forma, ligado ao universo do Jaguadarte, aproveito esta oportunidade para responder a uma pergunta que tem sido feita a mim frequentemente, como pronunciar "briluz". O "i" é prolongado, assim como dizemos "induz"; e a pronúncia do "u" é parecida com a de "conduz". Também, o "o" de "pintalouvas" tem a mesma pronúncia do "o" em "louvar". Ouvi algumas pessoas tentando dar a mesma pronúncia que esse "o" tem em "óleo". Ai, a Natureza Humana!

Acho que é a ocasião apropriada para observar outras palavras árduas deste poema. Teoria de interpretação de Humpty-Dumpty, que diz que há uma duplicação de sentido em tudo que se comunica, como em uma palavra-valise, e essa explicação me parece correta para tudo.

Por exemplo, peguemos a palavra "ferrenha" e a palavra "furiosa". Digamos que você vai pronunciar essas duas palavras, mas não se preocupe com qual você vai pronunciar primeiro. Agora abra a boca e pronuncie. Se a sua mente se inclina para pronunciar "ferrenha", você dirá "ferrenha-furiosa"; mas se ela se insinuar em direção a "furiosa", você vai dizer "furiosa-ferrenha"; mas se você tem um dos dons mais raros, uma mente equilibrada, você dirá "ferrenhosa".

Supondo que, quando Pistol pronunciou aquelas famosas palavras, "Que rei, patife? Fale ou morra!", Justice Shallow tinha quase certeza de que era ou o rei Guilherme ou o rei Ricardo, mas não tinha sido capaz de saber qual, então ele não poderia dizer um nome depois do outro — na dúvida, ao invés de morrer, ele poderia ter dito "Ricalherme"!

Canto Um

O Desembarque

"O lugar ideal para um Snark!", gritou o Mensageiro,
  Ao desembarcar sua tripulação com desvelo;
Salvaguardando cada um dos cavalheiros
  Por um dedo enroscado no cabelo.

"'O lugar ideal para um Snark!', repeti.
  E isso deveria encorajar a tripulação.
'O lugar ideal para um Snark!', insisti.
  E o que digo três vezes não é vão."

A tripulação estava completa e tinha: um Sapateiro —
    Um Advogado, para contornar as avarias —
Um fabricante de chapéus e capotes, o Chapeleiro —
    E um Corretor, para avaliar as mercadorias.

Um Juiz de Bilhar, cujo talento era vasto,
    Que talvez tivesse ganhado mais do que gastado —
Se o Banqueiro, à custa de grandes gastos,
    Não mantivesse esse dinheiro aos seus cuidados.

Havia também um Castor, hábil rendeiro,
    Que passeava no convés por dias inteiros:
E quase os salvou de um naufrágio, disse o Mensageiro,
    Embora essa história não convença os marinheiros.

Havia também um notável pelas coisinhas
  Que esquecera em terra ao embarcar:
Seu relógio, joias, anéis, uma sombrinha
  E as roupas que trazia para o mar.

Ele tinha quarenta e duas caixas de bagagem
  Que estampavam seu nome em letra realçada:
Mas só lembrou disso quando começou a viagem
  E todas elas foram deixadas na praia.

A perda das roupas pouco importava, pois
  Já vestia sete casacos quando chegou ao navio
E, ainda, três pares de botas — o pior mesmo foi
  Que até o próprio nome ele havia esquecido.

Respondia aos cumprimentos de "Olá!" e outros chamamentos,

   Como "Cheira minha peruca!" ou "Friturinha!",

Como "Filho-sem-pai" ou até mesmo "Desnomado!",

   Mas especialmente "Ô Coisinha!".

Para quem optava por mais direta palavra,

   Ele atendia por nomes diferentes:

Se dava trela entre os amigos, era conhecido por "Toco-de-vela",

   E entre os inimigos: "Queijo-quente!".

"Ele é desajeitado e burro feito uma porta"

   (Observava o Mensageiro, atento a tudo)

"Mas sua coragem é invejável! Digna de nota.

   Para lidar com um Snark é o melhor atributo."

Para as hienas, ele devolvia um olhar escuso

   Com um meneio de cabeça desaforado:

Uma vez desfilou de mãos dadas com um urso

   E disse: "É só pra alegrar o coitado!"

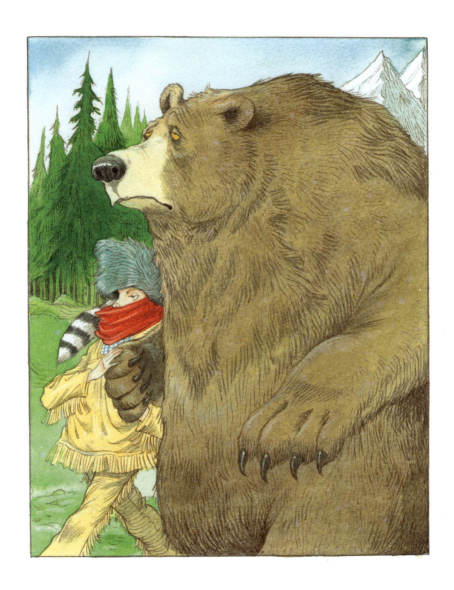

Dizia-se Padeiro, mas era só um passatempo —
  Fato que deixou o Mensageiro impaciente.
Bolo de Casamento era seu único talento,
  Mas no navio não havia os ingredientes.

O último da tripulação necessita atenção,
  Embora parecesse um perfeito cretino:
O Snark era a sua única e grande obsessão
  Então o Mensageiro confiou em seu tino.

Dizia-se Açougueiro: mas logo confessou
  Depois de uma semana ao mar,
Só sabia matar Castores. O Mensageiro olhou
  Assustado, mal conseguia falar:

Mas, explicou, em tom trêmulo,

    Que só havia um Castor embarcado.

Ele era um tipo dócil, ingênuo,

    Cuja morte traria muito desagrado.

Calhou do Castor ouvir a conversa,

    E protestar, com os olhos cheios d'água,

Que nenhuma ideia poderia ser tão perversa

    E isso lhe tiraria tal emoção da empreitada!

Então ele exigiu que o Açougueiro

    Fosse conduzido a outro navio para seguir viagem:

Mas isso não estava previsto, avisou o Mensageiro,

    Pois ele já havia feito a triagem:

A navegação sempre foi uma difícil arte,
  Sobretudo com apenas um navio e um sino:
E temeu que ele devesse recusar, de sua parte,
  Empreender outra viagem de modo repentino.

A melhor saída para o Castor sem dúvida seria
  Um casaco de segunda mão à prova de punhal —
Então o Padeiro aconselhou algo que asseguraria
  Sua vida em uma espécie de documento oficial:

Sugestão do Banqueiro, que ofereceu para contratação
  (em razoáveis condições), tentando lucrar ainda mais,
Duas excelentes apólices de seguro e prevenção:
  Uma Contra Fogo e outra Contra Estragos Naturais.

Apesar disso, e desde aquele dia então,

*   Sempre que o Açougueiro estava por perto*

O Castor olhava para outra direção

*   E parecia inexplicavelmente inquieto.*

Canto Dois

O Discurso do Mensageiro

Mensageiro era enaltecido com euforia —
   Que desenvoltura, que tranquilidade, que graça!
E quanta seriedade! Era notável a sua sabedoria,
   Estava estampada na cara!

Ele havia comprado um grande mapa do mar,
   Que de terra não se via um traço:
E a tripulação ficou feliz ao constatar
   Que o decifraria com desembaraço.

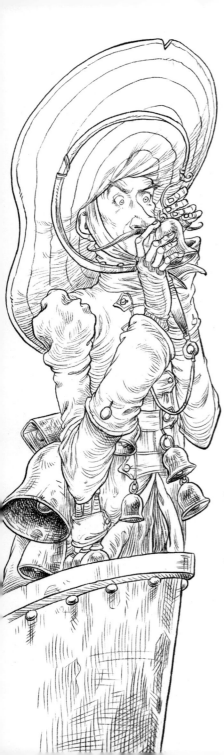

"O que há de mais enganador na projeção de Mercator?

    O Equador, os Trópicos, as Zonas e linhas meridionais?"

O Mensageiro indagava: e a tripulação retrucava

    "É que são símbolos meramente convencionais!"

"Outros mapas são apenas formatos, com suas ilhas e cabos!

    Mas nós temos que agradecer ao nosso bravo Capitão:

(A tripulação dizia) por ter nos trazido

    [o melhor do mercado —

Um mapa do perfeito e completo vazio, de então!"

Fascinante informação; mas logo saberão, que insano,

    De que o Capitão a quem diziam sempre amém

Fazia vaga ideia, portanto, de como cruzar o oceano

    E esta era apenas sacudir seu sino muito bem.

Era atencioso e severo com o bando — mas os seus comandos

    Eram capazes de desnortear o navio inteiro.

Quando gritava: "Rumo a estibordo, mas proa a bombordo!"

    Que diabos deveria fazer o timoneiro?

Então o mastro era confundido com o leme:

    Coisa que, como o Mensageiro havia apontado,

Acontece muito em lugares de clima quente

    Quando um navio é, por assim dizer, "snarkado".

Mas a principal danação foi com a navegação,

    E o Mensageiro, atordoado e angustiado.

Disse que esperava, inconteste, quando o vento soprasse para Leste,

    Que o navio não se encaminhasse para Oeste!

O risco era passado — afinal, já tinham desembarcado,

   Com suas caixas, valises e sacos:

Contudo, a tripulação não ficou satisfeita com a visão,

   Que era composta de abismos e penhascos.

O Mensageiro notou a tripulação desanimada

   E repetiu, quase em tom de melodia,

Piadas que havia guardado para momentos de desgraça

   Mas a tripulação inteira só gemia.

Serviu bebida em grande quantidade,

   E pediu que se sentassem na praia:

Tinham que admitir a grandiosidade

   Do Capitão, de pé, começando sua gandaia.

"Amigos, romanos e patrícios, emprestem-me seus ouvidos!"

   (Todos eram apaixonados por citações:

Então brindaram à sua saúde e o aplaudiram,

   Enquanto distribuía a bebida dos galões.)

"Navegamos por meses, por semanas sem fim

    (Quatro semanas para o mês, queiram contar),

Mas até agora (vos digo, foi assim)

    Nem a sombra do Snark foi possível avistar!

"Navegamos por muitas semanas, por muitos dias,

    (Sete dias para a semana, eu lhes concedo),

Mas um Snark, para o qual olhemos com alegria,

    Não vimos nenhum no nosso enredo!

"Escutem, meus amigos, enquanto lhes repito

    O que suas inconfundíveis Cinco Marcas obstina

Como vocês já sabem, seja lá aonde parem,

    Vão lhes garantir cepas de Snark genuínas.

"Primeiro destaco o paladar da criatura,
  Que é nítido e incoerente, logo, árduo:
Como um casaco apertado na cintura,
  É uma espécie de fogo-fátuo.

"Seu hábito de acordar tarde, eu não minto,
  É levado aos extremos, não há requinte,
Seu café da manhã fica para o Chá das Cinco
  E seu jantar é só no dia seguinte.

"A terceira é sua lentidão em fazer graça:
  Se acontecer de você cair nessa enrascada,
Ele vai suspirar de maneira angustiada
  Pois sempre parece sério quando faz piada.

"A quarta é a afeição por carrinhos de banho,
　　Que ele carrega faça sol ou faça chuva,
E jura que embelezam ambientes estranhos —
　　Evidentemente, uma opinião aberta à dúvida.

"A quinta é a ambição. Essa é fácil descrever
　　Pois contempla cada tipo e sua maneira singular:
Distinguindo os que têm penas e gostam de morder,
　　Daqueles que têm bigodes e gostam de arranhar.

"Embora os Snarks comuns não causem grande estrago
　　Ainda assim é a minha obrigação alertá-los,
Alguns são Bujuns" — o Mensageiro se calou, alarmado,
　　Pois o Padeiro havia desmaiado.

Canto Três
A História do Padeiro

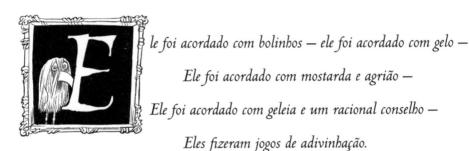
le foi acordado com bolinhos — ele foi acordado com gelo —

    Ele foi acordado com mostarda e agrião —

Ele foi acordado com geleia e um racional conselho —

    Eles fizeram jogos de adivinhação.

Enquanto longamente se sentava e começava a falar,

    Sua triste história ele se propôs a contar;

O Mensageiro gritou "Silêncio!

    Não quero ouvir ninguém gralhar!"

E o sino pôs-se freneticamente a balançar.

Silenciosíssimo recinto! Nem grito ou gemido,
  Nem chiado ou uivo,
E o homem chamado "Ô!" contou seu fracasso
  Em um tom bem antigo.

"Minha mãe e meu pai eram justos, embora pobres..."
  "Pule essa parte!", exclamou o Mensageiro.
"Se ficar escuro, do Snark não se verá nem vulto —
  Todo minuto é derradeiro!"

"Eu pulei por quarenta anos", disse o Padeiro, aos prantos,
  "E fui adiante sem muito questionar
Até o dia em que me vi à porta de seu navio, embarcando
  Para na caça ao Snark ajudar.

"Um querido tio meu (de cujo nome sou herdeiro)
  Comentou, enquanto nos despedíamos..."
"Ah, pule o tio querido!", exclamou o Mensageiro,
  E com ira balançou o sino.

"Ele comentou, em linhas gerais", disse o mais doce dos mortais,

"Que se o seu Snark for mesmo um Snark, uma coisa é certa:

Vá até ele, sem dúvidas — e dê-lhe verduras,

À luz clara, ele desperta.

"'Você pode buscá-lo com dedais — mas não de maneira arbitrária;

Pode persegui-lo com forquilhas e expectativa;

Você pode atormentá-lo com uma ação ferroviária;

Seduzi-lo com sabão e sorrisos é uma boa alternativa'"

("Este é o método correto", enfatizou o Mensageiro

Em um ligeiro parêntese exclamado,

"Foi exatamente assim que me ensinaram primeiro

Que o bote ao Snark precisa ser ensaiado!")

"'Mas, ah, radiante sobrinho, a luz do dia você deve temer

Se o seu Snark for um Bujum! Conforme o esperado,

Você vai suave e subitamente desaparecer,

E nunca mais será encontrado!'"

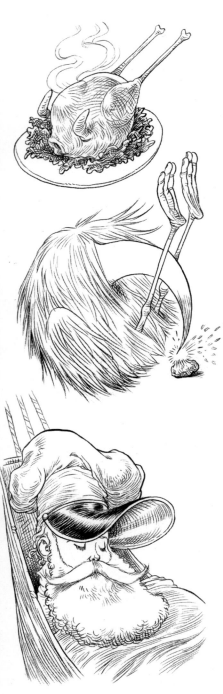

"É isso, é isso que acaba com as minhas energias,
  Quando penso nas últimas palavras de meu tio amado:
E meu coração se parece mais com uma velha bacia
  Repleta de leite talhado.

"É isso, é isso. Já estamos fartos disso!"
  Disse o Mensageiro, com furor.
E o Padeiro respondeu: "E eu mesmo repito.
  É isso, é isso que me dá mais pavor!"

"Estou empenhado na captura — na escuridão que perdura —
  Em uma onírica e delirante batalha:
Eu lhe sirvo verduras na penumbra
  E assim o desperto à luz clara.

"Mas se fosse um Bujum, naquele dia,
   Em pouco tempo (isso posso afirmar),
Suave e subitamente eu desapareceria —
   E essa ideia não posso suportar!"

Canto Quatro
A Caça

O Mensageiro, bufáspero, franziu a testa.

"Ah, mas você vem falar disso só agora!

É embaraçosíssimo abrir essa fresta

Com o Snark, por assim dizer, à porta!

"Deveríamos lamentar, como você diz acreditar,

Que, por suposição, isso ocasionaria a sua desaparição —

Mas, meu caro, quando o primeiro vento soprou no mastro

Não era o momento oportuno para tal insinuação?

"É embaraçosíssimo falar sobre isso agora —
  Julgo que essa informação já foi discutida."
E o então chamado "Ô!" sem demora retrucou,
  Você foi informado no dia da partida.

"Podem me acusar de insanidade ou de assassinato —
  (Todos têm lá os seus fracassos):
Mas perseguir um nítido pretexto falso
  Nunca esteve entre os meus pecados!

"Eu disse em hebraico — eu disse em alemão —
  Eu disse em grego e em holandês:
Mas eu esqueci completamente (que irritação)
  Que vocês falam inglês!"

"É uma história patética," disse o Mensageiro,
    [cuja expressão
  Se modificava a cada nova palavra falada:
"Mas, agora que você já nos expôs a esse ramerrão,
  Continuar esse debate seria uma patacoada.

"O resto do meu discurso (ele explicou aos demais)
  Você ouvirá quando for oportuna a ocasião.
Mas o Snark está próximo, digo uma vez mais!
  Encontrá-lo é a sua gloriosa obrigação!

"'Tateá-lo com dedais — mas não de maneira arbitrária;

Persegui-lo com forquilhas e expectativa;

Atormentá-lo com uma ação ferroviária;

Seduzi-lo com sabão e sorrisos é uma boa alternativa!

"Por ser uma criatura peculiar, o Snark não poderá

Ser pego de forma ordinária.

"Faça tudo o que você sabe e se arrisque a inovar:

Agora sua sorte não pode ser desperdiçada!

"Pois a Inglaterra espera — melhor evitar esta abordagem

É uma tremenda máxima, mas é um clichê

E é bom começarem a desempacotar as bagagens

A luta está prestes a acontecer."

Então o Banqueiro endossou um cheque em branco (e cruzou),
   E substituiu suas moedas avulsas por dinheiro trocado.
O Padeiro, com zelo, penteou o bigode e os cabelos,
   E espanou a poeira de seus casacos.

O Sapateiro e o Corretor estavam afiando uma pá —
   E se revezavam ao rebolo:
Mas o Castor começou a fazer renda e demonstrar
   Nenhum interesse no alvoroço:

O Advogado, com austeridade, apelou à vaidade
   E começou a mencionar, de modo rasteiro,
Casos de conhecimento popular, nos quais arrendar
   Havia se provado uma violação de direitos.

O Chapeleiro planejou, de modo intenso,
   Um mecanismo de proa visionário:
Enquanto o Juiz de Bilhar, com as mãos tremendo
   Marcava a ponta do próprio nariz com calcário.

Mas o Açougueiro ficou nervoso, e se vestiu elegantemente,
  Um rufo ao pescoço e luvas amarelas de couro de cabra —
Disse que sentia-se como quem vai a um jantar beneficente,
  Mas o Mensageiro afirmou que aquilo tudo era "tralha":

"Apresente-me, agora tens um bom companheiro,
  Se acontecer de dividirmos este insigne momento!"
O Mensageiro, sagaciosamente, fez um meneio
  E disse: "Vai depender do tempo".

O Castor começou a galonfar ao acaso,
  Ao ver que o Açougueiro era digno de dó:
E até mesmo o Banqueiro, apesar de ser um asno,
  Se esforçou para piscar com um olho só.

"Seja homem!", disse o Mensageiro, irado,
  E o Açougueiro começou a choramingar.
"Vamos encontrar o Jubjub, aquele pássaro desesperado,
  Se empenharmos toda a nossa força, ainda vai faltar!"

Canto Cinco
A Lição do Castor

uscaram-no com dedais — mas não de maneira arbitrária;

Perseguiram-no com forquilhas e expectativa;

Atormentaram-no a vida com uma ação ferroviária;

Seduzi-lo com sabão e sorrisos foi uma boa alternativa.

Então o Açougueiro armou um plano elaborado

Para atacar, sozinho, de um jeito curioso;

E cavou, num lugar desabitado,

Um vale sombrio e tenebroso.

Mas o Castor havia pensado no mesmo plano:

E assim escolhido o exato mesmo lugar:

Nenhuma placa ou palavra anunciava seu engano

E em seu rosto se via um grande pesar.

Na cabeça só havia Snark por todos os lados

E a gloriosa tarefa a que se dedicavam sozinhos;

E cada um tentou fingir que não havia observado

Que o outro havia escolhido o mesmo caminho.

Mas o vale foi ficando cada vez mais estreito,

E a fria escuridão da noite os deixou abalados,

Até que (não por boa vontade, mas por medo)

Eles caminharam lado a lado.

Então um grito forte, de ensurdecer, fez o céu chacoalhar,

E eles perceberam que o perigo se aproximava:

O Castor começou a tremer e não sabia pra onde olhar,

E até mesmo o Açougueiro pressentiu a ameaça.

Ele pensou na sua infância, agora já tão distante...

Aquele jeito inocente de ser feliz...

E voltou à sua mente um som atordoante

Da lousa sendo arranhada pelo giz!

"Essa é a voz do Jubjub", gritou, de repente.

(Esse homem já foi chamado de "Asno")

"E como o Mensageiro contou", concluiu orgulhosamente,

"É uma sensação que eu já havia mencionado.

"É o tom do Jubjub! Eu suplico, não pare de contar;

Verá, falei pela segunda vez.

É a canção do Jubjub! A prova vai se completar

No momento em que for dito três."

O Castor contou com meticuloso cuidado,

 E devotava, a cada palavra, extrema atenção:

Então cansou, e berrassovispirrou desesperado,

 Quando aconteceu a terceira repetição.

Sentiu que, apesar de todos os possíveis tormentos,

 De algum jeito também havia forjado o cálculo,

E agora tinha que recapitular seus parcos pensamentos

 Pois a resposta não viria de um oráculo.

"Dois mais um — não é incomum",

 Disse, "usar na contagem os dedos e os polegares!"

Recordando-se com lágrimas de como, nos últimos anos,

 Seus cálculos não haviam lhe deixado pesares.

"Isso pode ser feito", disse o Açougueiro, "Eu acho que sim.

 Isso precisa ser feito, eu tenho absoluta certeza.

Vai ser feito! Traga-me agora papel e nanquim,

 A melhor coisa é ter tempo e esperteza."

O Castor trouxe então papel, pena, tudo que era preciso,

E, por desencargo, tinta extra em quantidade:

Sinistras criaturas saíam de seus esconderijos,

E lhes assistiam com extrema curiosidade.

O Açougueiro, tão compenetrado, nem as notou,
  Enquanto escrevia com uma pena em cada mão,
E explicava, a todo minuto, de um jeito tão enxuto
  Que para o Castor era de fácil compreensão.

"Para começo de raciocínio, temos o Três —
  É um número conveniente para uma afirmação —
Somamos Sete com Quatro e mais Seis
  E por Mil menos Oito efetuamos a multiplicação.

"E então dividimos o resultado
  Por Novecentos e Noventa e Três:
Subtraímos por Dezessete ao quadrado
  E a resposta está perfeita e correta, como vês.

"O método aplicado eu explicaria com prazer,
  Enquanto o tenho claro em minha mente,
Se tivesse tempo e você cérebro para entender —
  Mas há muito a ser dito daqui para frente.

"Num instante eu vi o que esteve até então
  Envolvido em um mistério total,
E sem cobrar nada por isso, lhe darei, sem compromisso
  Um Aula de História Natural."

De seu jeito cordial, seguiu um tom informal
  (Esquecendo todas as leis de propriedade,
Pois dar instrução, sem formação,
  Causaria comoção na sociedade):

"Para suavizar o temperamento de pássaro desesperado
  Uma vez que o Jubjub vive em perpétua passionalidade:
Seu gosto para trajes é completamente disparatado —
  E está anos à frente da realidade.

"Mas recorda todos os encontros que já teve em vida
    E nunca tenta tirar proveito de uma situação:
Nas reuniões beneficentes, ele fica à porta, de guarida,
    E recolhe a contribuição sem fazer uma doação.

"Quando cozido, seu sabor é mais requintado
    Que o do carneiro, ou das ostras, ou dos ovos:
(Dizem que em tigelas de marfim é melhor saboreado,
    Mas há quem prefira servi-lo em barris de mogno):

"É só ferver com serragem: você pode usar cola para salgar:
    Então deixe condensar com alfarrobas e amarre com fita:
Este prato merece atenção especial para não desandar —
    Pois toda comida que se preze tem uma aparência bonita."

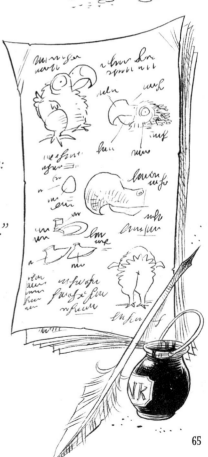

O Açougueiro falaria até o dia seguinte com prazer,
    Mas sentiu que continuar não fazia mais sentido,
E chorou com verdadeira alegria ao tentar dizer
    Que considerava o Castor seu amigo.

Enquanto o Castor confessava, com olhares tranquilos

Tentando demonstrar afeto e já quase chorando,

Que havia aprendido ali muito mais do que os livros

Poderiam ter ensinado em setenta anos.

Retornaram de mãos dadas, e o Mensageiro, desguarnecido

(Por um momento) estava nobremente emocionado,

E disse: "Isso compensa todos os dias cansativos

Que passamos neste oceano atribulado!"

Amizade assim, como a do Açougueiro com o Castor,

É do tipo raríssimo de ser encontrado;

No inverno, no verão, ou seja lá como for,

Nunca sozinhos, pois nunca estavam separados.

E quando vieram as brigas — que a todos é frequente

E o ressentimento, apesar de todo esforço —

A canção do Jubjub lhes voltava à mente,

E a amizade ganhava mais um reforço.

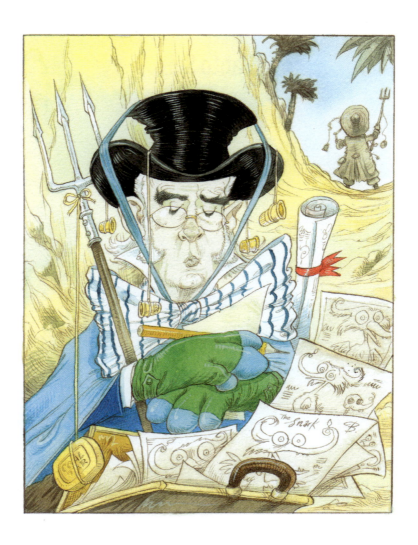

Canto Seis
O Sonho do Advogado

Buscaram-no com dedais — mas não de maneira arbitrária;
    Perseguiram-no com forquilhas e expectativa;
Atormentaram-no a vida com uma ação ferroviária;
    Seduzi-lo com sabão e sorrisos foi uma boa alternativa.

Mas o Advogado, exausto de provar, inutilmente
    Que o rendado do Castor era um equívoco,
Dormiu, e nos sonhos viu a criatura tão claramente,
    Que durante muito tempo viveu dias oníricos.

Ele sonhou que estava em uma sombria Corte,
    Onde o Snark, com um monóculo e faceiro,
Trajava toga, colarete, peruca de corço, e defendia um porco
    Da acusação de desertar seu chiqueiro.

As Testemunhas provaram, sem engano ou defeito,
    Que o chiqueiro estava abandonado:
E o juiz prosseguia explicando o estado de direito
    Com aquela fluidez oral de todo magistrado.

A acusação não estava clara para nenhuma das partes,
    Então o Snark começou a falar primeiro,
E falou por três horas, antes que alguém adivinhasse
    O que o porco deveria ter feito.

Cada parte do Júri tinha uma opinião diferente
    (Bem antes da leitura da acusação),
O falatório se manifestou como uma torrente
    E ninguém sabia o que fora dito até então.

"Você precisa saber", disse o Juiz; mas o Snark exclamou:
    "Falso! Esse estatuto é muito arcaico!
Deixe-me dizer, minha gente, toda a questão depende
    De um antigo direito aristocrático!

"Em matéria de Traição o porco apareceu
    Para ajudar, mas só conseguiu instigá-los:
Assim, a acusação de Insolvência é falha, creio eu,
    Se for concedido o argumento 'não foi obrigado'.

"O fato da Deserção não será litigiado;
    Mas seu delito, penso eu, é infundado
(Pois aos custos desta ação está ligado)
    Pelo Álibi já justificado.

"O destino de meu pobre cliente depende de vocês."
 E então o orador voltou para o seu posto,
E pediu ao Juiz que consultasse seus pareceres
 E brevemente resumisse o caso exposto.

Mas o Juiz disse que nunca havia feito isso antes;
 Então o Snark deu-se a liberdade
E narrou os detalhes de modo tão prolífico e confiante
 Que até às Testemunhas pareciam novidade.

Quando solicitaram o veredito, o Júri recusou de pronto,
 Pois sua fala confusa não tinha nenhuma validade;
Fizeram na esperança de que o Snark encerrasse o confronto
 Tomando para si mais essa responsabilidade.

Então o Snark deu o veredito que ele mesmo judiciou
  E elaborou durante toda a sessão:
E quando disse a palavra CULPADO!, o Júri chiou,
  E alguns deles foram ao chão.

Por fim, proferiu a sentença, e o Juiz ficou nervoso
  Demais, sua palavra foi novamente coagida:
E quando se levantou, fez-se um silêncio tão trevoso
  Que a queda de um alfinete poderia ser ouvida.

"Colônia penal para sempre", foi a sentença,
    E ainda uma multa de quarenta libras.
Todo o Júri aplaudiu, mas o Juiz pediu licença
    E alegou que a decisão não poderia ser mantida.

E tal selvagem regozijo logo foi desfeito
    Quando o carcereiro os informou, aos prantos,
Que tal sentença não teria o menor efeito,
    Pois o porco já estava morto há alguns anos.

O Juiz deixou a Corte profundamente indignado:
    Mas o Snark, embora um pouco espantado,
Com o resultado do trabalho que lhe foi confiado,
    Até o último instante foi ovacionado.

Assim o Advogado sonhou,
   e o louvor continuou

A crescer num ritmo cada
   vez mais destemido:

Até que acordou com o fino som do sino

   Que o Mensageiro badalava em seu ouvido.

Canto Sete
O Destino do Banqueiro

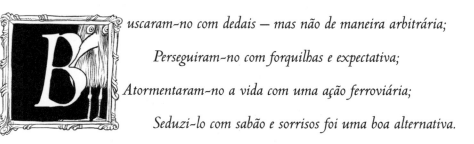

uscaram-no com dedais — mas não de maneira arbitrária;

Perseguiram-no com forquilhas e expectativa;

Atormentaram-no a vida com uma ação ferroviária;

Seduzi-lo com sabão e sorrisos foi uma boa alternativa.

E o Banqueiro, cheio de coragem renovada

Virou alvo do comentário por toda parte,

Apressado e totalmente cego em sua batalha

Fervorosa para encontrar o Snark.

Mas enquanto ele buscava com dedais — não de maneira arbitrária;

   Um Arrebabanda se aproximou depressa

E o agarrou, dando início a uma gritaria incendiária

   Pois sair voando dali era uma impossível tarefa.

Ele ofereceu um bom desconto — ofereceu um cheque

   (Endossado: Ao Portador)

Mas o Arrebabanda esticou o pescoço, em choque,

   E o Banqueiro novamente abocanhou.

Sem descanso ou pausa — enquanto as ferrenhosas mandíbulas

   Estalavam selvagemente no ar sem previsão —

Ele escapou e pulou, debateu-se e fracassou,

   Até cair desmaiado no chão.

O Arrebabanda fugiu assim que os outros se aproximaram

   Por conta daquele grito estridente:

O Mensageiro comentou "Já era esperado!"

   E fez soar o sino solenemente.

Ele estava com a cara preta, e não havia rastro ou certeza
  De que se parecera com o que fora um dia:
Tão grande foi o seu pavor que seu colete mudou de cor —
  Uma perfeita alegoria!

Para o horror de todos os presentes no lugar
  Ele se revoltou com sua aparência sombria,
E com gestos sem sentido esforçou-se para expressar
  Coisas que a sua própria língua não conseguia.

Afundou-se em uma cadeira — passou as mãos na cabeça —
  E cantou em tons mimelódicos uma canção
Cuja completa inanidade provava sua insanidade,
  Enquanto chacoalhava ossos sem coordenação.

"Abandone-o ao seu destino — o tempo é repentino!"
  Exclamou o Mensageiro, prestes a se apavorar.
"Já se foi metade do dia! Qualquer atraso é ousadia,
  E pode ser tarde para encontrarmos o Snark!"

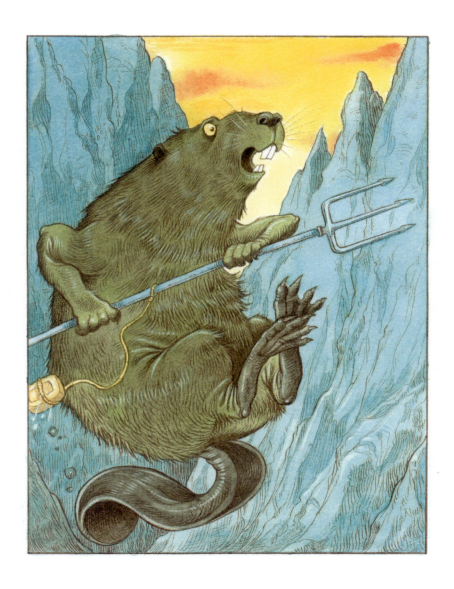

Canto Oito
O Desaparecimento

uscaram-no com dedais — mas não de maneira arbitrária;

Perseguiram-no com forquilhas e expectativa;

Atormentaram-no a vida com uma ação ferroviária;

Seduzi-lo com sabão e sorrisos foi uma boa alternativa.

Estremeceram ao pensar que a caça poderia falhar,

E o Castor acabou, por fim, se animando

Com a ponta da cauda começou a saltar,

Pois o dia já estava quase acabando!

"Lá vem o Coisinha gritando!", disse o Mensageiro,

"Ouçam, está gritando feito desesperado!
E balança a cabeça e as mãos como um feiticeiro,

"Certamente o Snark foi encontrado!"

Todos olhavam admirados, e o Açougueiro exclamava

"Ele sempre foi um desgovernado!"
Eles o viram — o Padeiro — o herói que o acaso nomeava —

No topo de um rochedo avizinhado.

Sublime e erguido, pela primeira vez nos tempos idos.

Em seguida, o que viram foi um vulto selvagem
(Como se ferido por um espasmo) mergulhar no penhasco,

Enquanto se concentravam na miragem.

"É um Snark!", foi o que logo chegou aos seus ouvidos,

   E parecia tão bom que podia não ser um.

Seguiu-se uma torrente de risadas e gritos:

   E então as nefastas palavras "É um Bu..."

Depois, silêncio. Alguns imaginaram ouvir no ar

   Um suspiro divagante e cansado

Então soou o "...jum!"

   [e conseguiram afirmar

   Que era uma brisa que

      [havia passado.

Caçaram até o cair da noite, mas nada de encontrar

　Botão, pena ou sinal por qualquer parte,

Que afirmasse que eles estavam no mesmo lugar

　Onde o Padeiro havia encontrado o Snark.

No meio da palavra que tentava dizer finalmente
  Em meio a um visível e extremo prazer,
Começou a desaparecer suave e repentinamente —
  Pois o Snark era um Bujum, veja você.

Porque o Snark
Era um BUJUM,
Veja você.

Este livro foi composto na tipologia Centaur
MT Std e impresso em papel Offset 120g/m²
na Lis Gráfica.